異文化を学ぶアジアの若者たちへ

――今、日本語学校で

石井佐和

目次

本書は、文芸社より二〇一九年に出版された「今、日本語学校で！」を加筆・新装したものです。

はじめての授業《じゅぎょう》

都会《とかい》の一角《いっかく》にあるビル
二月の朝
授業開始《かいし》のベルがなる
三階まで歩いて上り
ドアを開ける

私を見ている
好奇《こうき》のまなざし

私も、ひと巡《めぐ》り
見渡《みわた》して
出席《しゅっせき》をとる
読むこともむずかしい
それぞれの母国《ぼこく》の名前《なまえ》

留《りゅう》学《がく》

母国をはなれ
日本に来た君たち
何を学び　何を体験《たいけん》するのだろう
これから先
どんなことが待《ま》っているのだろうか？

ネパール・ベトナム・中国・パキスタン
ラオス・モンゴル

これらの国から来た青年たち
どのように教《おし》え導《みちび》くのか？
とまどいばかり
でも立ち止まってはいられない
はじめての日本語 教師《きょうし》

まずは仲良《なかよ》くなろう
一人ひとりの個性《こせい》を見つけよう
二十人の大きな瞳《ひとみ》がじっと見ている
心を通《かよ》わせよう
　先生はどこから来たの？

黒板《こくばん》に地図《ちず》を描《か》いた

先生、スペイン人?
いいえ
では、フィリピン人?
いいえ
では、お父さんは?
日本人よ
お母さんは?
日本人よ
首《くび》をひねっている

でも、前の世は外国《がいこく》に居《い》たかも知れないよ
さらに、不思議《ふしぎ》な顔《かお》をした

使命《しめい》

「アジアの各国からの就学留学生《しゅうがくりゅうがくせい》を多く受け入れ、基礎的《きそてき》日本語を中心に教育し、それぞれの国の専門分野《せんもんぶんや》において、有為《ゆうい》な人材《じんざい》として活躍《かつやく》できるよう、更《さら》に上級《じょうきゅう》の学校《がっこう》への進学を促進《そくしん》せしめる教育を行っていく日本語学校として、
アジアの平和のみならず、
世界平和に大きく貢献《こうけん》したい」と
趣意書《しゅいしょ》の一節《いっせつ》にあった。
私も微力《びりょく》ながら、この目的《もくてき》に沿《そ》って努力《どりょく》する使命を感《かん》じた。

約《やく》束《そく》

雨の日も、風の日も、嵐の日も、来るのよ
学校から
休みという連絡《れんらく》がない限《かぎ》り
休まない
遅刻《ちこく》しない

約　束

眠らない
携帯《けいたい》で遊《あそ》ばない
食べもの食べない
おしゃべりしない
毎回黒板《まいかいこくばん》に書いた
毎回《まいかい》唱《しょう》和《わ》させた

先生、あの子ケイタイ使っているよ
教える子が出てきた

ラマダンだから
パキスタンの二人は遅《おく》れてきた
夜明《よあ》けから日没《にちぼつ》まで一ヶ月間の断食《だんじき》
疑《うたが》いもなくそれを行《おこな》う青年《せいねん》
心が落ち着いたようだ

電車《でんしゃ》が事故《じこ》で不通《ふつう》になった
授業に遅れた
遅れてごめんなさい！
先生　大丈夫《だいじょうぶ》　大丈夫《だいじょうぶ》
通訳《つうやく》志望《しぼう》のＹ君
すかさず　ねぎらってくれた

寒い冬の日
教室《きょうしつ》で
寒いわねーと言ったら
休み時間に買ってきた
大きな紙《かみ》コップに
熱《あつ》いコーヒーをもってきて
先生これのみな
と中国の女子
でも授業中は水だけと決まっているから
大丈夫、大丈夫と
授業終わってから頂くわね

休み時間《じかん》

ネパールのS君
自分の机《つくえ》の側《そば》に
私の椅子《いす》を持っていって
先生ここに座《すわ》って

いつも何しているの?
めったにない
温《あたた》かな会話《かいわ》

休み時間

めだたない、静かな青年が寄《よ》ってきた
先生のこと皆好きだよ
そっと言う

ベトナムの家族《かぞく》に電話《でんわ》したT君
先生電話に出て

もしもし、お電話かわりました
息子《むすこ》がお世話《せわ》になっています
どこかで学《まな》ばれたのか上手《じょうず》な日本語《にほんご》だ
親日家《しんにちか》なんですね
地球《ちきゅう》は地続《じつづ》きなのだ

卒業《そつぎょう》に近いクラス

中国の内モンゴルから来た女子学生
小柄《こがら》で少女《しょうじょ》のようだ

お父さんは何しているの？
遊牧民《ゆうぼくみん》です
国立《こくりつ》の大学院《だいがくいん》へ行くと言う
将来《しょうらい》、母国《ぼこく》へ帰《かえ》って
大学の先生になりたいと
身体《からだ》は小さいが

志《こころざし》は大きい

まもなく、
卒業していく学生だったから
これからの人生のための話をする
先生は人生の哲学《てつがく》を良く知っていて
ぼくは、その教えに従《したが》って生《い》きていくと
作文《さくぶん》にあった
こんなにも、インパクトがあったのか
われながら驚《おどろ》く

先生の授業を四月から聴《き》けないのが
残念《ざんねん》と
ある学生は書いた

日頃陽気《ひごろようき》で
にぎやかだったK君
原稿《げんこう》持たずに
立派《りっぱ》な答辞《とうじ》を述《の》べた卒業式《そつぎょうしき》

ことば

教室に入ると
いつも、ハグしてくるN君
先生は、おばあさんよう
心だようと返《かえ》ってきた
最近《さいきん》、聞《き》いたことのないことば

何が一番大切《いちばんたいせつ》だと思《おも》う？
お金《かね》！
と一斉《いっせい》に答《こた》えた
そうかな、健康《けんこう》でしょ！
健康《けんこう》でないと働《はたら》けないし
お金も取《と》れないよ
みんな、黙《だま》った

厳《きび》しいということばの意味《いみ》は？
何々先生と答えた
大慈大悲《だいじだいひ》ということばがあってね
やさしさと厳《きび》しさのことよ
それが愛《あい》なのよ
みんな、一瞬《いっしゅん》考《かんが》えた

生きる

先生は一人で生きてきて
今、一番やりたかったことをやっています
私は先生のように生きていきたいと
通訳志望《つうやくしぼう》の三十代の女子
つらい時もあったけれど
与えられた人生を受《う》け入れて
歩《あゆ》んで来たんです
今は残《のこ》された人生を
大切《たいせつ》に生きています

長《ちょう》期《き》間《かん》、休んでいたT君
どうして休んでいたの？
母が亡《な》くなったんです
先生は、十三の時父が亡くなったのよ
何を感《かん》じたのか、
次の授業では、少し
落《お》ち着《つ》いたように見えた

地球儀《ちきゅうぎ》を買《か》った

地球儀を買った
学生が育《そだ》った国を知《し》りたいから

モンゴルはここ
中国はここ
パキスタンはここと
しるしを付《つ》けた

遠《とお》いようだが近《ちか》い

近いようだが遠い国
何を思《おも》って日本へ来たのか
目的《もくてき》はいろいろあるだろう
つらい事もあるだろう
一日一日を大切に
生きて欲《ほ》しい

夜間勤務《やかんきんむ》の生徒たち
眠《ねむ》いのは解《わか》るけれど
そのつらい中
勉強《べんきょう》しなければならないのだ！
一人ひとりがこのつらさを持っているにちがいない
何があっても頑張《がんば》って欲《ほ》しい
その苦労《くろう》が将来《しょうらい》の力《ちから》になるかも知れない
はげましの声《こえ》をかける

日本のうた

日本の文化《ぶんか》を伝《つた》えたいと
「日本のうた」を歌った

「さくら　さくら」
先生それさみしい歌だね、Ｎ君
調べてみると短調《たんちょう》の曲《きょく》だ
慣《な》れている

わたしたちよりも
鋭《するど》い感性《かんせい》の持《も》ち主《ぬし》

「さくら　さくら」日本古謡

一
さくら　さくら
野山《のやま》も里《さと》も　見わたす限《かぎ》り
かすみか雲《くも》か　朝日《あさひ》ににおう
さくら　さくら　花ざかり

二
さくら　さくら
やよいの空は　見わたすかぎり
かすみか雲か　匂《にお》いぞ出《い》ずる
いざや　いざや　見にゆかん

「ふるさと」
自分《じぶん》の考《かんが》えを
いつも
しっかり持っている女子学生《じょしがくせい》
「ふるさと」を歌《うた》うと泣《な》いた

「ふるさと」
高野辰之作詞　岡野貞一作曲

一
うさぎ追いしかの山
小鮒《こぶな》つりしかの川
夢《ゆめ》はいまも　めぐりて
忘《わす》れがたき故郷《ふるさと》

二
いかにいます父母《ちちはは》
恙《つつが》なしや友がき
雨に風につけても
思いいずる故郷

三
こころざしを果《はた》して
いつの日にか帰らん
山はあおき　故郷
水は清《きよ》き故郷

「荒城の月」

皆しんみり聞いていた

「荒城の月」

土井晩翠作詞　滝　廉太郎作曲

一

春高楼《こうろう》の　花の宴《えん》

めぐる盃《さかずき》　かげさして

千代《ちよ》の松《まつ》が枝《え》わけ出《い》でし

むかしの光　いまいずこ

二

秋陣営《じんえい》の　霜《しも》の色

鳴《な》きゆく雁《かり》の　数見《かずみ》せて

植《う》うる剣《つるぎ》に　照《て》りそいし

むかしの光　いまいずこ

三

いま荒城《こうじょう》の　夜半《よわ》の月
かわらぬ光　誰《た》がためぞ
垣《かき》に残《のこ》るは　ただかつら
松にうたうは　ただ嵐《あらし》

四

天上影《てんじょうかげ》は　変《かわ》らねど
栄枯《えいこ》は移《うつ》る　世《よ》のすがた
写《うつ》さんとてか　今もなお
ああ荒城の　夜半の月

アッ　あぶない

黒板《こくばん》が倒《たお》れてきた！
二、三の青年がかけよった
とっさに　支《ささ》えてくれた
いつもいたずらで、手《て》におえない学生たち
怪我《けが》もなかった
ありがとう！

新《あたら》しいプリントを配《くば》った時
紙《かみ》で指《ゆび》を切《き》った
日頃《ひごろ》ののんびりして
集中《しゅうちゅう》していると思えないK君
とっさに傷《きず》バンテープを出して
私の指に巻《ま》いてくれた

アッ　あぶない

作《さく》文《ぶん》

作文の授業
書けない書けないという学生
一行でも書いてごらん
しばらくして書き出した
上手に書けてますよ
それから続《つづ》けて書くようになった

ヨコ書きしている「校《こう》」という字《じ》をタテ書きにすると
「木」と「交」と書くひとがいる
新《あたら》しい発見《はっけん》だ！

ノートに書けたひとは
原稿用紙《げんこうようし》に書いてみよう
最初《さいしょ》は一マス下《さ》げて
「。」や「、」は一マスに入れてね
それがなかなか
むずかしいひともいるのです

これから

理系《りけい》かと思っていたR君
デザインの専門学校《せんもんがっこう》を選《えら》んだという
君《きみ》はその道《みち》でいいの？
デザインも好きだから
最初《さいしょ》に先生の服《ふく》をデザインするね

学力《がくりょく》は優秀《ゆうしゅう》なのに
夜間《やかん》の仕事《しごと》があって
授業で眠《ねむ》ってしまう
国へ帰るという
厳《きび》しい生活《せいかつ》の中
やむをえないのだろうか？
惜《お》しいと思う

突然《とつぜん》来《こ》なくなった学生
その行方《ゆくえ》が気《き》になる
今、どうしているのだろうか?

いたずらが大得意のT君
卒業が近かったので
君は頭がいいから
社会に出たら
その頭を良い事に使うのよ!

彼は深くうなずいた

四月に新しいクラスになった
前学期《ぜんがっき》教《おし》えた
ネパールの女子二人に会《あ》った
先生に教えて欲しかったーとハグしてくる
私も教えたかったとハグをする
思《おも》いがけぬことで
うれしかった

進《しん》学《がく》

進学のため
面接指導《めんせつしどう》を受《う》け持《も》った
大切な大切な授業ですよ
言《い》って聞《き》かせる
成績《せいせき》が良くても
面接《めんせつ》で落《お》ちる場合《ばあい》があるのです
成績《せいせき》が多少悪《たしょうわる》くても
面接で合格《ごうかく》することもあるから

ドアのノックの仕方《しかた》
ゴンゴンはダメ
トントンと上品《じょうひん》にね
（目上《めうえ》の人にお会《あ》いするのだから）
ドアの閉《し》め方静《かたしず》かにね
（バタンはダメ）
座《すわ》り方《かた》
女子と男子は違《ちが》うのよ
答《こた》えはハッキリと！
厳しく指導《しどう》する

異文化《いぶんか》の青年がこの国で生きていくには
マナーをしっかり
身に付けねばならないのです
彼《かれ》らの為《ため》でもあり
社会《しゃかい》の為《ため》でもあるのです
彼らの前途《ぜんと》が開《ひら》けますように……

卒業《そつぎょう》の日

街路樹《がいろじゅ》には
緑《みどり》が芽《め》ぶいている

正装《せいそう》した青年たちは
みちがえる紳士《しんし》だ
それぞれの国の衣装《いしょう》を着《つ》けた
華《はな》やかな女子も
ホールの前《まえ》に
集《あつ》まってきた

卒業の日

サガールという学生に
あがある
ゴバールという学生に
がんばある
日本語のニックネームをつけた
写真《しゃしん》を撮《と》ろうと
かけよって来た二人

先生ぼくの結婚式《けっこんしき》には来てね
生きていたらね

卒業の日

先生長生《ながい》きしてね
飛《と》んで来《く》る学生

たった二年の期間《きかん》であったが
今日卒業式《きょうそつぎょうしき》を迎《むか》える
入学《にゅうがく》の時を思えば
たしかに成長《せいちょう》している
けれどまだまだ道《みち》なかばの青年たちを
送《おく》り出《だ》すのだ
世の中の荒波《あらなみ》を乗《の》りこえられるのだろうか?
心《こころ》によぎる

最後《さいご》に
インドの指導者《しどうしゃ》、ガンジーの言葉《ことば》を
学生に贈《おく》った
「明日《あす》死《し》ぬと思って今日を生きなさい
永遠《えいえん》に続《つづ》く命《いのち》と思って学《まな》び続《つづ》けなさい」

皆さん　お元気《げんき》で　ありがとう

作者プロフィール

石井 佐和（いしい さわ）

神奈川県秦野市生まれ。
青山学院女子短期大学英文科卒業。
学習塾経営後、日本語学校の講師。
著書 『母のあし音』『今、日本語学校で！』
『母のあし音（詩画集）』その他。

異文化を学ぶアジアの若者たちへ
—今、日本語学校で

2025年4月6日　初版第1刷発行

作　者　石井 佐和
発行者　坂本 喜杏
発行所　㈱冨山房インターナショナル
〒101-0051 東京都千代田区神田神保町1－3
電話 03-3291-2578

印　刷　㈱冨山房インターナショナル
製　本　加藤製本株式会社

ISBN978-4-86600-135-7 C0092
JASRAC 出 2500917-501